KB122953

가만히 깨어나 혼자

b판시선 45

정철훈 시집

가만히 깨어나 혼자

도서출판 b

진인은 외롭다고 한다. 외로움을 찾아 지닌다고 한다. 나는 진인도 뭣도 아니지만 그 말뜻을 깊이 새길 수는 있다. 아무에게도 보이지 않는 혼자만의 싸움. 나를 혹사시키는 혼자가 좋다. 외로움이 좋다. 캄캄한 우주에서 해도, 달도, 나도 혼자다.

혼자만의 나를 탕진하고 돌아오니 광이 텅 비어 넓어 보이는 공복이 좋다. 그래, 나는 비로소 나와 작별할 수 있겠구나.

|차 례|

제1부

나무의 꿈

나는 나무는 아닐지라도
큼직하게 움을 틔우는
나무의 물관이 나의 직업이면 좋겠네
잠들기 전 하루의 세목을 가만히 꺼내 보며
통증을 느끼는 그런 나무
아침에 눈을 뜨면 삶의 어떤 측면에
꿈이 영글고 있는 그런 나무
아직 기지개를 켜지 않아
잘 보이지 않는 나무의 꿈
오늘도 나는 나무 그늘 아래에서
한 줌 햇살을 움켜쥐며
홀로 울었네

장갑

장갑을 사러 갔다가 손에 끼고 있는
너를 버릴 수 없어 그냥 돌아섰다
실타래가 풀어져 손가락 끝이
세상 구경을 하겠다고 점점 머리를 들이미는
너를 버릴 수 없었다

며칠 후면 나이 한 살을 더 먹는데
버릴 수 없는 나이 같은 게 너였다
구멍 난 너에게 눈사람을 선물해주고 싶어
어서 눈이 내렸으면 하고
어둑한 하늘을 올려다보았다

너는 다섯 손가락을 가진 자아가 되어
물끄러미 나를 쳐다보고
나는 더는 서러워하지 말라며
너를 호호 불어주었다

사마귀

할 말이 있었던 게지
하필 왼쪽 발가락 사이에서 피어난 너
양말을 신다가 너를 발견했을 때
너는 느낌도 없이 살포시 부풀어 있었다

의사는 너를 사마귀라고 진단했다
일종의 곰팡이꽃
꽃 이름치고는 이상했지만
나는 너와 함께 일 년을 싸돌아다녔다

오죽했으면 나 같은 것에게 붙어
그것도 발가락 사이에서 피워냈을까
너를 지우려고 병원에 갔을 때
자꾸 미안해 쳐다볼 수 없었다

공출

내가 나에게 무엇인가를
가령 시나 문장 따위를 공출하려 했을 때 내줄 게 없다
세상이 어떻게 변하고 있는지 한눈파는 해찰이 길었다

뻑뻑한 눈이라도 뽑아줄 수 있으면 좋으련만
감정의 기복이 심하여 핏발이 서 있다
누구에게도 마음의 전부를 내준 적 없는 핏발이다
그렇게 나는 세상과 어긋나 있다

십 년 뒤 이맘때 나는 어느 변방에 더부살이로 얹혀
살고 있을 것이다
그때도 내줄 게 없기는 마찬가지일 게다

오장육부 속으로 지나가는 바람은 검다
바람도 나도 도착하지 못하는 곳으로 가고 있다
가다가 금이 가서 빠개지는 외마디 비명을 지르고
여러 죽음을 배웅했을 뿐
그 배웅에서 나도 조금씩 죽어갔다

타들어가는 푸른 향의 연기를 뒤집어쓰고도
내줄 공출이 마땅치 않다
눈의 핏발이 왜 번개 모양으로 번지는지 아는 바 없다
허공에 번지는 연기가 자꾸 뒤돌아보다 들켜버린 은하수
같다

은하수도 불과 연기의 자식이다
눈이 매워 우는 자식
자식이라도 남겨놓고 간다는 게
더 매운 공출이다

그곳과 이곳

내가 귀촌을 미루는 것은
그곳에서 노동을 찾지 못해서다
해는 빨리 지고 밤은 일찍 찾아오는 그곳은
지금 여기와 같이 저녁 8시다
모두들 설거지를 끝내고 잠자리에 들 시간

노동거리가 없으면 두 배는 빨리 늙을 것이고
암흑 속에서 혼자 깨어 뭔가 써보겠다며
눈을 끔벅거리고 앉아 있는 게 내 노동의 시작일 터
그렇게 밤낮이 바뀌어서야 오래 버티지 못할 것이고
그 밖에도 오래 버티지 못할 이유는 많다

그런데도 그곳이 수시로 생각나고
생각날 때마다 전원일기 다시 보기를 켠다
그곳의 희로애락이 다 있는 전원일기
다 알고 있는데도 그곳이 그곳인 것은
이곳이 아니어서일까
그렇다면 이곳은 어디인가

18

매달 대출금을 갚아야 하고 마루 밑은 해마다 물이 새고
베란다 외벽은 삭아내려 녹슨 철근이며 벗겨진 벽지며 우는
아내며
　　이곳을 떠나야 하는 이유는 많다

　　이곳을 규명하지 않으면 그곳에 갈 수 없고
　　그곳에 가도 그곳은 아니다
　　대체 이곳은 어딘가

　　이곳은 내 살아온 습관이 있고
　　빚은 많아도 내 오랜 번지수였으며 가쁜 숨을 헐떡거려도
내 심장, 내 폐부였으며
　　홀로 된 어머니 집과 전철역이 가깝고 무엇보다도 내가
살아남은 곳

　　그곳에 가고 싶지 않다
　　이제 들어가면 나올 수 없는 곳
　　몇 번이나 잠을 설친다

개가 물어가는 뼈에게 고함

산모퉁이 도랑을 치다가 검은 개 컹컹 짖는 것을 듣고
뼈 한 채가 발굴되었다
냄새의 영광은 사람도 개도 아닌 하늘의 것
육신이 어떻게 해탈하는지 지켜보는 것은
땅의 영광이지

총 맞은 구멍마다 노래가 생겨난다면
모든 시체는 눕혀진 그대로 합창을 부르며 언 땅을 녹이고
모든 시체는 전우가 된다
아군이냐, 적군이냐를 구분하는 것은 별개의 문제다

유해발굴감식단이 정강이뼈의 길이를 재고
구멍 뚫린 해골을 살피는 동안
나는 먼발치에서 뼈들을 바라보며
어떤 뼈는 나뭇가지 같고 어떤 뼈는 둥근 공에 가까워
그것을 다시 묻어야 할까
뼈를 다루느라 머릿속은 엉망이 되었다

어릴 때 흙장난으로 손이 엉망이 되듯
이게 다 땅뺏기 전쟁의 결과이지 그 이상은 아니다
전쟁이 끝나고 울타리가 쳐졌지만 사실
울타리는 뼈에게 아무 소용도 없다

나무 밑에서, 돌무지 밑에서
가끔 내리는 빗줄기로 갈증을 달래고
운이 좋으면 잘 익은 사과 하나 쿵,
떨어지는 과수원 밑에 묻힌 그대로
뼈는 이럴 뿐이다

총 맞은 구멍마다 노래가 생겨난다지?
내 생각을 사과에게 어떻게 주입시키지?
사과나무에 사과가 열리는 것까지
적대감의 발로라고 몰아붙이면 어떡하지?

감식단은 유골을 싸 들고 떠나가고
나는 결심한다

도랑을 치거나 쇠스랑질을 하다가
뼈가 발견된다 해도 신고하지 않을 거라고,
뼈가 정확히 무엇을 바라고 있는지 몰라
나는 뼈가 스스로 말하기를 기다렸다

고양이와 나

천근 같은 몸을 끌고 와
전기장판에 눕히다 말고
너를 생각했다
저문 산책길 난간 끝에서
꼬리를 감고 졸고 있던 너
오래전 퇴화한 나의 꼬리가
너에게 가서 붙어 있었다
무의식을 소환하는 꼬리
외로움을 견디는 꼬리
너는 아찔한 감각이었다
아름다움에 영혼을 팔아버린 꼬리
너는 어디서 왔니
끝없는 유배
꼬리의 슬픔
꼬리가 꼬리 같지 않았다
내가 알던 내가 아니었다

사랑의 발명

크리스티나!
너를 부르며
나는 죽어가고 있었다
새들은 지저귀고
물고기는 알을 낳고
여름내 숲은 웅성거렸다
죽은 것은 육감이 되고 구름이 되고
육감도 구름도 하찮은 것
나는 너와 결혼하기 위해
공소에 가서 세 번씩이나
거짓 고백을 했다
너를 사랑한다고
은갈치 몇 마리
허공에서 반짝거리는 거짓 고백,
떠 있는 구름 사이로
나는 사랑의 영원을 발명했다
모든 것들 가운데 거의
모든 것이 과거가 되었다

나는 노래를 부르지 않는다
노래가 극복될 때까지
사랑이 극복될 때까지
나는 태어나자마자
피를 맛보았다
그건 사실이다
기억에 없을 뿐
그렇지 않니?
아름다움이 반복될 리 없다
다만 서로 뒤척일 뿐
그렇지 않니?
크리스티나!

지하철 환승역에서

처음 가보는 지하철 환승역은 헤매기 일쑤여서
출구를 잘못 찾은 두더지처럼 머리만 불쑥 내밀었다가
다시 지하로, 또 지하로 몇 차례 헤매다 보니
영영 올라가고 싶지 않다

비가 온다기에 들고 나온 우산은 아직 비가 오지 않아
불편하고
이미 깊이 내려와 있으니 깊이 생각할 것도 없다
좀 모자라 보이는 내가 안쓰럽다가도
이게 다 부적응의 서정이 싹트는 중이라고 웃고 만다

지상에 올라가도 다른 생이 기다리고 있는 것도 아니다
대체 다른 생이라니?
존재의 전이처럼 개연성 없는 말도 없지만
다른 나로 갈아탈 수 있다면 개연성이 없어도 좋을 것이다

그때 갑자기 브루클린이 떠오르고
브루클린을 이해할 수 있을 것 같았다

브루클린에서도 나처럼 출구를 못 찾은 사람이
푸른 눈을 깜박거리며 숨을 고르고 있을 터
우매한 친연성에 기대어
서로를 번역할 수 있을 테니

말의 역류

늦은 밤 편의점에 갔다가
편의점 앞 간이테이블에 둘러앉은
사람들의 두런거리는 말 가운데
말이 거울이 되어 내가 들여다보였다

눈이 내리고 있었다
사람의 말을 엿들으며
눈이 내리고 있었다
간이테이블을 스쳐 갔을 뿐인데
내 안이 훤히 들여다보였다

그들의 말속에
그들이 모르는 내 마음이 비쳐 보였다
우연히 엿들은 눈이 녹아
내 마음에 흘러드는 말이 있었다

숨

컵이 깨졌다
늦은 밤
손이 떨려 놓치는 바람에

지난 7년간 나와 함께
고락을 함께한 컵

세 평짜리 방을 얻어 매일 출근하듯
문을 따고 들어가면
가장 먼저 반겨주던
귀 하나, 몸통 하나

낙하의 어느 한순간
시간의 균열 속에서
너도 나처럼
조각조각 깨지면서
깊은숨을 쉬었을 것이다

평전

오 년 째 붙들고 있던 평전을
출판사에 넘기고 돌아온 날
막걸리 한 병을 더 비우고 몸을 뉘었다

이대로 잠들 수 있을까
당장은 그게 걱정이었다
평전에 등장하는 수많은 귀신들이
들러붙어 떨어지지 않았으니

좀처럼 잠이 오지 않는 미몽 속에서
딸랑딸랑 소리를 내며 마차가 다가왔다
마부 없이 말이 혼자 끄는 빈 마차

말이 고개를 주억거리다 슬쩍 나를 쳐다볼 때
말도 살아 있는 말이 아니었다
말의 귀신이 없다고 말할 수 없다

출판사는 초행길이어서

연희동 언덕을 오르락내리락
길을 잘못 든 게 아니었다

평전 속 수많은 귀신들이
나를 놔주지 않으려고
마부 없는 마차를 보내
술수를 부리고 있었다

추모

누군가를 추모하는 일이
밥이나 먹고 헤어지는 것이라면 굳이
가고 싶지 않다

삼백예순날 먹는 밥보다
차라리 밥 한 끼 굶고 싶다
위장과 내장을 비운다는 것
밥 대신 슬픔을 채운다는 것

이슬 맺힌 풀잎 하나 드리우고
작은 창문 하나 달아주고 싶다
아직 해가 뜨고 있다고
아직 서러운 것이 있어
풀잎이 울고 있다고

먹고 싶지 않은데
이렇게들 모여 먹어야 한다는 것이
나에게 고통을 준다

오늘의 타전

오늘 우환으로부터
일가족 네 명의 사망이 타전되었다
후베이성 영화제작소 주임 창카이와
그의 부모와 누나를 가족이라고 호칭하듯
누구도 가족 아닌 인류는 없고
그건 나와 우리의 사망과 동시에
무한대의 사망을 예고하는 타전이었다
그건 자기 자신을 개별적인 나라고 부르는
일인칭의 박멸을 보여주었고
한 존재를 태워 사라지게 하는 것을
화장이라 하듯 창카이 일가족의 육신은
한번 붙으면 끌 수 없는 불 속에 눕혀졌고
어디선가 단백질 타는 냄새가 나서
TV를 끄고 집을 나섰다

어스름 무렵 지하철을 타고
이 이동이 언제까지 가능할까,
골똘하다가 이동의 자유라든가

일인칭의 짝짓기마저 하나의 통계로
통제하는 국가라든지
국가의 위생 감각에 숨이 막혔다
해발 8천 미터의 고도를 넘는
기러기 떼를 보면 집단으로 숨을 참으며
날고 있는 것처럼 보인다
한번 날개를 폈으니
이 생은 넘어갈 수밖에 없고
산소가 희박한 국가에서 살아나는 법은
숨을 오래 참는 것일지도 모른다
1980년 광주에서도 숨을 참으면서
사랑을 했다

지치고 불길한 봄
지상으로 올라가는 계단을
물끄러미 쳐다보았을 때
나도 불 속에 던져질
단백질 덩어리이긴 마찬가지였다

거창하게 말할 건 아니지만
인류가 발명한 불로
인류가 사라진다는 게
오늘의 타전이고 보면
불타는 오늘
캄캄하지도 밝지도 않은 불면의 밤을
허겁지겁 지새운 뒤의 미명 속에서
내가 아직 살아 있다는 편지를
허공으로 띄워 보내고 싶다
수신자는 다음 주나
그다음 주쯤으로 해두고서……

달과 전봇대와 나

도시는 빌딩마다 달이 켜져 있으니
그게 달인지 심통 맞은 알약인지 모르겠다
지금 눈에 보이는 달은 소화가 되지 않는다
달도 차면 기운다는 말이 소화제라면 모를까
달이 전봇대 끝에 일직선으로 떠 있다
끝은 위태로워서 달도 위태롭다
달이 전봇대에 왔을 뿐
전봇대가 달에게 갈 리 없다
달이 위험하다
전봇대도 위험하다
둘 다 서로의 끝이므로
달이 전봇대 끝에 매달린 벌레집 같다
벌레집을 누가 파먹고 있다
달이 뜨지 않는 날이 몇 번 있었다
그럴 때면 내가 달이 되고 싶었다
일직선으로 가능한 게 있다면
달과 전봇대와 나였다
나는 그렇게 견딘다

먼지가 되기 위해
나에게 닿기 위해

가만히 깨어나 혼자

속초 사는 Y시인과 양평 사는 K시인을 가끔 떠올린다
떠올리는 것만으로도 두 사람의 생활에
끼어드는 것 같은 가끔이다

Y시인은 고향에 살고 있지만
가보면 고향 부근일 뿐
K시인은 양평에 살고 있지만
가보면 타향 부근일 뿐
실은 가본 적 없다

가본 적 없는 두 사람을 가끔 꺼내 읽는다
꺼내 읽을 때마다 베개를 끌어안고
내게 과분한 혼자가 있다
그럴 때면 차부에서 내려 편의점을 지나고
가로수 길을 걸어 귀가하는 그들의 등이 보인다

우리가 잔이나마 앞에 두고
한자리에 앉은 게 십 년은 더 되었다

누가 술을 따랐는지 기억에 없다
두 시인 사이에 끼어든다는 게
이렇게나 희미한 기억이다
희미해지면 다시 두 시인을 꺼내 읽는다

"양평 한번 내려와"
그 말을 여태 기억하고 있을까
속초도 양평도 두 시간 남짓인데
보고 싶지만 혼자가 좋다
두 시인도 혼자가 좋을 것이다
혼자 시를 짓다가 무너뜨리고
다시 시를 짓는 혼자
연락이 끊긴 지 오래되었다

언젠가 서울을 떠나게 되면
발 하나는 속초를 향해
다른 하나는 양평을 향해 터벅터벅,
그러자면 나에게 여물을 넉넉히 줄 수밖에 없고

몸이 하나라는 사실이 정말 무섭다

새벽에 눈을 떠서
내가 이길 수 없는 것을 떠올리는 가끔,
아주 가끔이다

제2부

봄의 번역

비린내 나는 걸 먹고 싶었다
입춘 무렵이었다
내 안에 자꾸 보채는 게 있었다
궁기가 있었다
너무 궁색해 꽃 피우고 싶었다
한번 살아보고 싶었으나 살아보지 못하고
자꾸 기웃대던 성북동 언덕길
꽃망울 터뜨린 매화나무 앞에서
한참 멈춰 서 있었다
가지마다 연초록 비린내가 맡아졌다
매화라는 식물성마저
동물성으로 해석하고 있었다
번역하고 있었다
봄을 번역하고 있었다
겨우내 쌓인 내 안의
모호함을 번역한다는 게
매화나무 앞이었다

감자

장맛비 내리는 가을 문턱
순천 – 보성행 버스 안은 승객이 세 명뿐
벌교에서 탄 아낙은
앞 좌석에 껑충 뛰어 올라앉더니
자리가 따뜻하네, 한마디 했다
순천에서 내린 승객이 덥혀놓은 자리

아낙은 나와 동갑내기였다
일곱 살 때 벌교에서 처음 기차를 타봤는데
신발을 벗어들고 맨발로 올라탔다는 아낙
그 예쁜 말을 들으려고 보성에 가나 보다 할 때
아낙에게 전화가 걸려왔다

"뭐시라고요, 지가 장애인 5호를 받고 있는디
그게 깎인다고요?
올해는 감자 농사를 망쳐버려 남편이
돈 한 푼 안 주는데 어찌 살라고요?"

다음 정류장에서 내린 아낙이
읍사무소에 항거하기 위해 걷는
뒤뚱 걸음의 저변엔
측량할 수 없는 쓰라림이 번져 들고 있었다

아낙의 키는 90센티미터
감자에서 거인이 나온다
절반쯤 땅속에 묻힌 생활의 거인

누구도 감자를 먹지 않고는 살아갈 수 없고
우리가 감자를 먹는 것은
땅속의 지진을 먹는 것이다

두 개의 사월

아내는 두 자식과 함께 모스크바로 떠났다
내 사는 곳과 여섯 시간 시차가 있는 북방
전송한 사진을 보니 거리의 사람들은
사월인데도 아직 털옷을 걸치고 있다
이 차이에서 나는 아늑하다
아이들이 예닐곱 살이었을 때
우리는 모스크바에서 살았다
겨울에도 지하철 입구엔
장미 파는 노파들이 있었다
지금도 장미 파는 노파들이 있겠지만
그건 나의 장미는 아니다
나의 장미는 30년 전의 장미지만
그 꽃잎들은 지금도 내 가슴을 붉게 물들인다
내가 지금 뽑아 든 단어도 과거에서 온 것이고
나의 현재에 파동을 만들어놓고 있다
나는 여기에 있으면서 동시에 거기에 있다
시간을 옮겨 다닐 수 있다는 것
내 단어들은 여기서 만들어진다

나, 김용균은[*]

공장은 캄캄하다
석탄 가루가 날리다 보니
랜턴 없이는 앞을 볼 수가 없다
나는 낙탄落炭을 정리하기 위해
석탄 운반용 컨베이어 벨트 주변을 청소하다가
그만 기계에 몸이 끼어 휩쓸렸다

벗어나려고 발버둥 치던 나는
감정 없는 기계의 몰입과 대립했다
뚝, 소리와 함께 목이 잘려 바닥으로 떨어져 나가고
몸은 기계 속으로 말려 들어갔다

나는 태안화력발전소 비정규직 하청 노동자였다
이제 갓 스물넷
입사한 지 삼 개월도 안 된 나는
목과 몸통이 분리된 채 네 시간이나 방치되었다

이 아비규환을 수습한 본사 직원은 다시

하청업체 직원들에게 공장을 가동할 것을 명령했다
죽은 자에 대한 예의도, 그 참혹한 현장을 목격한
산 자가 겪었을 통증에 대한 예의도 없었다

나는 죽기 두 달 전
노동자 처우 개선을 위해
대통령에게 보내는 푯말을 들고 사진을 찍었다
그때 찍은 사진이 요즘 유령처럼 떠돌고 있다
아직 목이 붙어 있는 채
작업모와 분진 마스크를 쓴 채

힘든 걸 받아들일 수 없을 때조차 어머니에게
너무 힘들다고 말하지 않았어야 했다
나는 죽어서도 내 시신을 부둥켜안고
오열하는 어머니를 느낀다

나이 오십, 젊디젊은 어머니가 투사가 되어
광화문 광장에 섰을 때

나는 어머니의 골다공증 뼛속에 함께 있었다
얼굴에 탄가루를 묻힌 채
분진 마스크를 쓴 채

어머니가 살아 있는 한
나는 죽지 않는다

* 인터넷 블로그(https://blog.naver.com/unheimlich1/221420508528)의 같은 제목
  의 글을 참고했음.

회복하는 인간

새벽 3시, 잠이 안 와 건너편 아파트를 바라보니
누가 베란다에서 담배를 피우고 있는 게
레오나르도 다빈치의 인체도 같다
거실에 켜진 불이 후광이 되어 인체 비례가 선명하게
보였다

두 팔을 벌린 길이는 신장과 같다,
라는 비례를 통한 인체의 구조는 이 새벽에
두 팔을 벌린 길이는 슬픔의 크기와 같다,
라고 수정되었다
그게 아니면 그 시간에
담배를 빼물고 연기를 내뿜을 리 없다
그게 아니면 나 역시 왜
그 시간에 깨어나 당신을 보는가

캄캄해져야 시야의 회복이 가능하다면
극장에 간 횟수만큼 회복됐어야 했다
불이 꺼지면 회전하는 지구가 보이고

우주에서 날아온 유니버설 로고가 지구를 에워싸는가
싶더니
차르륵, 소리와 함께 필름이 끊겨버린 악몽
뭔가 잘못됐다는 이번 생의 오프닝 크레딧
지구도 회전하면서 스스로를 회복하고 있는지 모른다

눈을 돌려 길 건너 상가를 바라보니
지붕 위 십자가에 빨강 불을 켠 교회가 둘
교회는 둘이지만 같은 목사는 아닐 테고
종교도 살짝 어긋나 있다

어긋나 있다는 게 굉장한 발견 같다
이 세상이 이 세상 같지 않다
잠이 안 와 혼나고 있다

옆집 부근

문을 열다가 옆집 문 여는 소리에
다시 문을 닫는다
인기척이 사라지기를 기다렸다가
쓰레기를 내다 놓으며 옆집 쓰레기를
눈으로 헤집어본다
빈 소주병에 찌그러진 막걸리 통,
찢어진 라면 봉지며 김칫국물 묻은
신문이며 구겨진 정도며 냄새까지
쓰레기의 세목이 내 집과 같다
쓰레기와 쓰레기가 맞닿아 있다
어제는 옆집에서 다투는 소리가 들리더니
오늘은 내 집에서 다투는 소리를 들려준다
가끔 술 취한 옆집 남자는 문을 걷어차며 울부짖고
나도 가끔 늑대처럼 울부짖는다
내부가, 내부의 위기가 비슷하다
쓰다 버린 것의 동질감이 그렇고
모든 건 버려진다는 보편성이 그렇다
삶의 구조가 이렇게 허술하다

쓰레기 틈새에 어제 쓴 신용카드 영수증을
끼워 넣다 말고 잠시 멍해진다
용을 써봤자 옆집 부근,
거창한 경구라도 얻은 듯
고개가 끄덕여졌다

원주

원주를 떠올리며
밤을 꼬박 샌다
불면을 촉발하는 원주
먼동이 트고 있다
먼 곳은 말하자면 원주다
태양이 원주에서 솟는 것도 아닌데
원주에 간다
가급적 타는 것을 줄이기 위해
창동역까지 걸어가 전철을 타고
동서울터미널에서 버스로 갈아탄다
갈아타지 않고서는 도착하기 어려운
세상이라는 원주
무엇인가를 갈아타야만 한다면
그것이 원주이고
나는 원주를 제외한 모든 곳에 있다
원주를 가려면 원주가
아닌 곳에서 출발해야 한다
아니다

원주 안에서 원주를 가도
원주에 가는 것이다
왜 가야 하는지 모르는 원주
삶은 무목적성이라는 원주
쏟아지는 아침햇살에 나는
어제와 오늘로 쪼개지고
쪼개진 나를 원주라고 부른다

모호한 사진

휴대전화 사진을 본다
메뉴판 돼지국밥이 7,500원이다
국밥 속에 찔러넣은 수저가
살균은 되겠다 싶다
셀프 사진을 찍는지
V자를 그려 보이는
손가락이 착해 보인다
음악이 흘러나올 것만 같은 손가락
일행은 다섯 명
세 명은 렌즈를 쳐다보며 웃고
한 명은 밥그릇 뚜껑을 열려고
머리를 숙이고 있고 보이지 않는
또 한 명은 사진을 찍고 있다
이제 적당히 양념을 해야 한다
사진도 배가 고프다
사진 속 손가락은 골다공증
V자 손가락이 뒤로 젖혀진다
식탁엔 잔이 다섯

옆에 양념통이 세워져 있다
위태로운 게 거기서도 찾아진다
위태는 메뉴판에 없는 음식
메뉴판에 내 이름이 없어 다행이다
기념할 게 있다면 돼지국밥이다
따로 떼어진 내장과 순대와 머리고기가
시간의 분리와 합체처럼 사진에 찍혀 있다
흘러간 시간이 피로 물든
순대의 단면에 남아 있는 사진
정지된 한순간의 영혼이 돼지국밥에
담겨 있다고 믿고 싶은 사진이다

시간이 터져버렸다

문을 열면 폐허다
깨진 항아리의 굵은 소금이 흩어져 있고
마당이라고 할 수 없는 스산함이
잡풀 사이에 머물고 있다
두어 뼘 햇살이 떨어지면
스러진 담벼락의 그늘이 영락없이 뭉개버린다
휘어진 창틀이 창문 4조를 힘겹게 떠받치고
슬레이트 지붕엔 늙은 길고양이가
하품을 하며 웅크리고 있다
가스통 3개에서 뻗어 나온 붉은 호스가
탯줄처럼 내실 주방에 연결되어 있다
가스 배달부가 남기고 간 LPG스티커의
철자 하나가 탈색되어 보이지 않는다
담배꽁초가 점치는 작은 윷처럼 흩어져 있다
사람이 살았던 흔적과 사람이 떠난 흔적이 뒤섞여
흔적을 무화시키고 있다
녹슨 실외기와 벽 사이에 망가진 우산이 세워져 있다
지하 창문엔 거기 살았던 아이들이 붙여놓은

미키마우스가 웃고 있다
투하된 폭탄의 종류가 식별되지 않는다

교양의 시작

시간의 휘발,
몸의 휘발 끝에
다다른 숫자가 달력에
새털처럼 붙어 있다
태어나던 해의 평균수명을 넘었다는 게
내 생애 자료의 한 페이지이다
그때는 오래 사는 게 지복이었지만
지금은 그 말이 저주가 되어 공중을 떠돈다
혼자라는 게 끔찍한 것만은 아니다
그만큼 교양인이 되어간다
내 방은 거울이 없어 눈에 보이지 않는
세계의 침묵과 삶의 이면을
쇠락하는 몸의 음악으로 들려주었다
병원에 가는 횟수가 잦아졌으므로
청춘의 소란을 벗은 가슴께에
청진기를 대면 시간은 역류하여
세발자전거를 타던 광주 서석동이 보이고
내 유년의 음악은 고전古典이 되었다

고전에서 나는 새가 되어 날고 있다
그게 내 최초의 둥지였고 자가 격리였다
이제 막 쇠락의 음악이 들리기 시작한 나이
몸에서 유년의 뼈를 꺼내 피리처럼 불어보는
영롱함이 교양의 시작이었다
병원에 갔더니 동갑내기 환자는
칼로 환부를 도려내는 방법으로
고요함의 교양을 시작하고 있었다
창백한 얼굴에서 그의 음악이 흘러나왔다

7월 어느 날

섭씨 39도쯤으로 절절 끓던 정오 무렵
숭미초등학교 앞 새로 깔린 아스팔트 횡단보도에
작은 슬리퍼 한 짝이 껌딱지처럼 들러붙어 있었다
슬리퍼에서 합성제품 냄새가 났다

깨금발로 길을 건넌 어린 학동은
피와 살과 뼈와 내가 미처
알지 못하는 영혼으로 버티고 서서
잃어버린 슬리퍼를 멍하니 바라보고 있었다
학동에게서 길가에 피어난 풀냄새가 났다

다시 7월 어느 날

야산 팔각정에서
동네 노파들이 서로 부채질을 해주며
잡담을 나누고 있었다

"요새는 설거지하기가 죽기보다 싫어
프라이팬 잡기도 겁나지라"
"형님이 아이스크림 하나 쏴봐"

여름내 울어 목쉰 매미처럼
그렇게 막바지에 도달해
시원한 시간이 지나가고 있었다

청색 대문

첫아이를 낳고
삼팔 이북 Y읍내에서 살던 신혼 시절
새벽 5시면 어김없이
철 대문 두드리는 소리가 났다

청색 페인트가 몇 겹씩 칠해져
소리도 쇳소리가 아니었고
장갑 낀 손으로 쿵쿵, 두어 번

삯빨래 아낙이 있었다
성에 낀 창문을 손가락으로 문지르면
희미한 실루엣이 점점 멀어져가던 아낙

털실 목도리를 칭칭 두른 채
플라스틱 함지박을 머리에 인 채
국도변 개울가에서 방망이로 얼음을 깨고
기저귀를 빨던 아낙이 있었다

아침에 나가보면
대문에 붙은 장갑의 보푸라기가
바람에 떨리고 있었다

말더듬이와 사과

잊었던 이름 하나가
키르기스스탄으로 나를 끌고 간다
이름은 알마골
고향은 키르기스스탄 비슈케크
내 동갑내기 러시아어 선생이었다

이름에 무슨 뜻이 있냐고 물었더니
양쪽 뺨이 사과같이 붉어서라고,
그러면서 얼굴은 더 빨개졌다
눈 덮인 모스크바의 밤길을 걸어오면서
얼음이 박힌 그 이름

언젠가 중국 윈난성 리장에 갔다가
저 설산을 넘으면
알마골이 살고 있는 비슈케크일 텐데,
그 이름을 석양이 물들이고 있었다

알마골에게 나는 동쪽에서 온 말더듬이였고

나에게 알마골은 서쪽에서 온 사과였다
말더듬이와 사과,
이렇게 써놓고 보니
도무지 슬프지 않은 것이 없다

거창하게 말하면
아시아 어족의 좌절 같은 것
한 걸음 다가가면
두 걸음 달아나는 언어였다

논술보다 묵상

논술학원 앞을 지나갔다고 해서
내가 논술되지는 않는다, 라고
오늘의 논술은 시작된다
나는 다시 입시생이다
삶의 현장은 논술이니까
내가 나를 논술하다가 어느덧
남을 논술하고 마는 모순의 현장
논술은 규명이 아니라 생선이니까
나는 바다가 그리워졌다오, 의
그 바다를 떠난 생선이 나였으므로
논술이라기보다 살을 바르고 뼈를 골라내는
젓가락질 같은 것이었으므로
오늘은 나를 졸업시키고 싶다
졸업을 하고도 반세기가 지났는데
아직도 학교에 다니고 있다니
오늘은 나를 졸업하는 논술을 하고 싶다
생각 끝에 내린 결론이
논술보다 묵상이었다

소식

모스크바에 간 딸에게서
이틀간 소식이 없더니
사흘째 되는 날 문자가 왔다

"백화점에서 휴대전화를 잃어버렸어요
아마 누가 훔쳐 간 것 같아요"
지인에게 빌린 휴대전화로 보낸 문자

잠시 창가로 눈을 돌려 내다본 세상은
문자를 받기 전과 미묘한 차이가 있었다
잃어버린 게 있으니 다시 가게 될 것 같았다

딸아이가 세 번이고 네 번이고
그곳에 다시 갈 수 있기를
잃어버린다는 것은 얼마나 멋진 꿈인가
그것도 생의 한 가운데에서

제3부

파

달랑 파 한 단뿐이었다
아낙의 손에 들려 있는 것은
반으로 꺾여 있었고
싱싱해 보이지도 않았다
파 한 단 들고 어디 가시나
저녁 차릴 시간이었고
머리는 헝클어져 있었으며
입술엔 물집이 잡혀 있었다
파 냄새가 풍기자 모두들
눈총을 주었지만 아랑곳하지 않았다
파 뿌리가 비닐봉지 밖으로 나와 있었다
너는 왜 사느냐는 질문처럼

불편한 심리극

여자는 개나리를 꺾어 든 채
또 진달래를 꺾고 있었다
"거참, 꽃은 왜 꺾소?"
툭 쏘아붙인 한마디로 인해
산길을 걷는 내내 앞서거니 뒤서거니
불편한 심리극이 펼쳐졌다
여자의 머리는 젖어 있었고
봄 코트에 배낭을 맨 차림새가
작정하고 나온 듯했다
부부싸움이라도 한 걸까
아침은 먹고 나왔을까
산길을 걷는다는 것은 허허롭게
나부끼고 싶다는 것인데
괜히 쏘아붙였나
무엇이었을까
여자가 쥐고 있는 것은,
내가 꽃을 꺾은 것처럼
내 손에 질문이 쥐어져 있었다

그건 개나리도 진달래도 아니었다
봄이 왔다고 말할 수도 없었다

냄비는 따끔하다

새벽 1시 귀가해
가스레인지 불을 켠다
벌써 네 번째 덥혀 먹는 콩나물국
노란 대가리만 둥둥 떠 있는 식은 국
냄비뚜껑에 두 손을 올려놓는다
인간의 체온보다 정직한 게
냄비의 열전도율이다
이내 손바닥이 따끔거린다
37년을 붙어산 아내 같다
아내가 떠나고 없는 텅 빈 주방
따끔거리는 게 아내냐 생활이냐
냄비는 끓고 있지만 차마
뚜껑을 열어볼 엄두가 나지 않는다
아내가 두 자식과 함께 떠난
4박 5일의 자유 혹은 암흑물질
누구에게는 자유이고
누구에게는 암흑물질이다
냄비 속에 내가 끓고 있다

끓는다는 게 분자운동이라면
악마와 천사가 서로 날개를 뺏으려고 싸우는
냄비는 따끔하다

반성의 멜로

저녁 여덟 시
프라이팬에 고등어 한 토막을 튀겨
혼자 밥을 먹었다
한 시간 뒤 귀가한 딸이 들어서자마자
냄새가 너무 난다며 주방 후드를 틀고
창문을 열어젖혔다
나름 후드도 틀고 창문도 열어놨었다
며칠째 혼자 먹는 저녁도 서러운데
내뱉는 첫마디가 냄새 운운이라니
딸이 야속할 때 야속이 내게 돌아와
냄새를 풍겼다
그만하면 충분했기에 입을 다물었다
하루가 그럴싸하게 마무리될 리 없다
딸은 방에 들어가 나오지 않았다
친정 간 아내는 내일 오겠다고 전화를 했다
사물들이 이렇게 제자리를 잡았으니
제대로 살았다는 기분이 든다
이 기분을 오래오래 간직하고 싶다

외롭지 않다고 느낄 수 있게
딸과 오래오래 말하길 희망하며
반성의 멜로를 모색할 수 있게

무언의 항명

아파트 입구에서 서너 살 아이가
엄마의 손을 뿌리친 채 울고 있었다
인구가 줄어드는 전환기의
내막을 모르는 아이

며칠 전 서른 중반의 아들과 나눈
대화가 복기되었다
"결혼 같은 거 꼭 할 필요가 있나요?
안 해도 행복하면 그만이지요"
"행복하자고 널 낳은 건 아니다
산다는 건 행복하고는 아무 상관이 없다"

말을 하고 나니 모호해졌다
대가 끊기겠구나, 라는 생각
저 아이의 울음이 우리 동네 마지막
울음일 수 있겠구나, 라는 생각
갑자기 걸음이 빨라졌다

오늘은 대북 특사가 평양에 간 날
인구가 얼마만큼 줄어든 날
내 질문에 내가 쫓기는 날
무언의 항명 같은 게
내 안에서 꿈틀거리고 있었다

토마토의 은유

친척에게는 돈을 꾸지 않는 게 철칙인데
그냥 만나기도 뭣해
시집에 사인을 해 건넸더니

"시집 한 권 쓰는 데 얼마나 걸리오?"
"글쎄, 한 사오 년"
"인세는 얼마?"
"글쎄, 돈 백이나 될까"
"달랑 백만 원이면 뭐 하러 시를 쓰오?"
"글쎄……"

주고받는 말들이
대책 없는 미세먼지 같았다
막걸릿잔을 급하게 비운 뒤
다시 소박하게 말을 붙인다는 게

"옛사람들은 사랑 고백을 어찌했는지 아오?"
"모르오"

"달이 참 밝네, 라고 했다오
그걸 은유라고 한다오"
"은유를 알면 생활에 도움이 되오?"
"글쎄……"

딴은 그렇다
생활은 은유가 아니지만
은유에서 생활을 꾸어올 수는 있다

오다 보니 길거리 좌판에 토마토가
달관한 듯 빨갛게 익어 있었다
토마토에게서 달관의 은유를 얻은 게
어디냐 싶었다

뿌리식물

구정날 일가 모인 자리에서
아버지의 술통을 땄다
노란 뿌리식물을 넣고
밀봉한 지 15년 됐다는 술통

"아버지 생전에 장조카에게서 선물로 받은 거란다"
어머니의 말을 듣는 순간 우리는 동시에
조카라는 사람의 얼굴을 떠올렸다

지금은 거의 남남으로 살고 있는 사람
심장판막증을 앓고 있어 언제 죽을지 모른다는 사람
아직 부고가 오지 않았음에 안도감이 들었다

술통을 따다가 술을 한 컵이나 흘리고 말았다
"뿌리의 힘이 이 정도면 엄청난 술일 거야"
내 말이 끝나기도 전 저마다 따라달라고
빈 술잔을 내밀었고 언제 왔는지 알 수 없는
그 사람도 조용히 잔을 내밀었다

우리 것보다 더 큰 술잔

해방둥이 그 사람
어느새 75세 그 사람
술통 속 뿌리를 쳐다보면서
우리는 모두 뿌리식물이 되었다
해방이 우리의 뿌리라고 말하고 싶었다

두 번째 자연

동네 산에 올랐다
산 하나가 거대한 공동묘지였다
다 허물어진 묘지
여러 조각으로 깨져 흩어진 상석
동자상의 코는 깎여 나가고
양반을 뜻하는 김 공, 이 공, 최 공의
공公자도 뭉개져 보이지 않았다

눈앞이 어질어질했다
집단 학살을 당한 것 같다
땅의 입장에서 보면
수풀 우거져야 할 자리에
아우슈비츠가 들어선 셈이다
연기와 굴뚝만 없을 뿐
이게 사람이 만든 두 번째 자연이라니
싸늘한 몰락에 체념하게 된다

흔히 자연으로 돌아간다고 할 때

이런 게 자연이라면
우리는 돌아갈 곳이 없고
죽어서도 더 많이 죽어야 한다

멀리서 오는 점성

오늘은 길을 걷다가
허공을 향해 눈을 부릅떠보았다
아주 먼 허공이 아니라
머리에서 한 뼘 위 허공
그러면 내 눈에 습기가 엉켜 드는 것이다

나는 습기가 아주 먼 곳에서 왔다는 것을 안다
내가 기다리는 건 어떤 점성일 게다
멀리서 오는 점성
어제는 친구와 술을 마시며
왜 한 번도 길을 잃어버린 적이 없냐는
말을 들었다 통렬함이 없다는 말도 들었다

그건 좀체 자세를 흩뜨리지 않는
내 소시민적 기질을 두고 하는 말이다
나에겐 울부짖음이 없고 남루가 없고
방황이 없고 상실이 없고 비에 젖은
무의식의 비애가 없을지도 모른다

그건 모두 눈물과 관련되어 있다
내가 기다리는 건 멀리서 오는 점성이고
남들은 그런 나의 기다림을 모른다
그럴지도 모른다

아욱을 이길 수 없다

동네 채소가게에서 무심코 집어 든 아욱
아욱은 시들했지만 시들한 만큼 향기로웠다
나를 위해 상복을 입은 것 같은 아욱
아욱국에 숟가락을 담그며
아욱을 이길 수 없다
지난겨울 하릴없이 지낸 나에게
아욱은 봄을 가져다주었다
첫술을 뜰 때 코와 입으로
번지는 아득함, 또 얼마나 기다려야
아득한 아욱국을 다시 먹을 수 있을까
봄에 입이 있었다
땅속에서 아욱을 뻗어내는 입
먹는 입이 아니라 먹이는 입
나는 아욱과 연결되어 있고
죽음은 봄과 연결되어 있다
아욱을 이길 수 없다

망가진 우산

식당에서 점심을 먹고 나오니
장대비가 내렸다 비가 내리면
구름 아랫것들은 살짝 미친다
기린도 사슴도 사자도 코끼리도 나도
살짝 맛이 간다 그건 천국의 목욕탕이
넘쳐 흘러내리는 거니까 그렇다 해도
아직 천국에 이르지 못한 이 피조물은
비를 맞지 않으려고 우산을 사러 갔다
하필 집어 든 것이 걸쇠 망가진 우산이었다
비 오는 날마다 들고 다니며 곤혹스러웠다
하루는 우산대를 살펴보았다
걸쇠가 우산대 속에 숨어 있었다
펜치로 잡아당기자 안에 있는 게
밖으로 나온 것이 걸쇠였고 인생이었다
인생을 고쳐 들고 외출하고
싶었으나 갈 곳이 없었다
우산과 나 사이, 손톱만 한 걸쇠가
인생 희곡을 쓰고 있었다

꿈꾸는 정온동물

오늘처럼 비 오는 날이면
어느 창가에 붙어 고양이처럼
웅크리고 있어도 좋겠다
털이나 핥으면서
지나가는 우산 행렬이나
움직이지 않는 자동차 대열을 내려다보며

왜 하필 고양이냐, 라고 묻는 건
아무 의미가 없을 것이다
개나 참새나 쥐가 되어도 좋겠지
고양이는 고양이의 책을 펼치고
개는 개의 책을 펼칠 테니까
글보다 그림이 많은 책

고양이는 하나의 높이다
높이가 아닌 본능
비가 오면 고양이는
조금씩 지워지고 있다

창밖을 내다보면
지워지는 내가 있고
더 또렷해지는 내가 있다
풍경은 나이가 없고
늘 깨질 것같이 아슬아슬할 뿐

창가에 놓인 화분들을 보면
고양이도 광합성을 하는 화분 같다
창가에 웅크리고 앉아
세계의 균열을 바라보는 정온동물

나는 꼬리를 등에 붙인 채 졸고 있는
한 마리 고양이를 꿈꾼다

가을 모기

뜬눈으로 밤을 새우다 보니
야반도주하는 심정이 된다
생활을 버리고 떠나가도
또 다른 생활이 기다리고 있겠지

남쪽으로 가야 할 이유는 없지만
남쪽으로 가고 싶다
자식들도 다 커서 따라오지 않을 것이다
분명 같이 가고 있었는데
뒤돌아보니 혼자다

길은 휘어진다
멀리 발전소 굴뚝에서 석탄을 녹인 연기가
해안가 마을로 퍼진다
추위는 몰려오고 아직 짐승의 더운 피를 빨지 못한
가을 모기가 자꾸 들러붙는다

모기에게 물린 상처를 긁다 보니

붉고 긴 손톱자국이
내 안에서 떠오른 짐승 같다
좀 더 남쪽으로 내려갈 것이다
힘없는 가을 모기를 동무 삼아

낙엽

영영 가망이 없다는 의사의 소견을
아버지의 일기에서 발견했을 때 낙엽이 지고 있었다
아버지는 병실에 누워 창밖의 낙엽을 세고 있었다
그리고 보면 낙엽에도 다 번호가 있었다

꽃도 낙엽도 아름답지만
꽃도 낙엽도 내 것은 아니다
서럽지 않으면 내 것은 아니다
웃다가 울다가 그렇게 너덜너덜해져서
서리운 게 가장 좋은 것 같다

가을비 내리고 날이 참 춥다
곧 겨울은 오고 문풍지는 떨릴 것이다
가을비에게 만 원짜리 한 장을 건네고
거스름돈을 낙엽으로 받고 싶다

밤의 동굴

마지막 전철이 들어온다
스크린도어에 젊은 남녀가 입술을 내밀어
키스하는 모습이 비친다
입술이 있던 자리에 문이 열리고
나는 안으로 들어간다
승객들은 저마다 잠망경 비슷한 것을
지상으로 뽑아 올린 채 졸고 있다
제 피에 취한 흡혈박쥐들이
거꾸로 매달려 잠을 자는 동굴 같다
역무원이 열쇠뭉치를 들고
내 췌장을 관통해 지나간다
몸에 동굴이 뚫린 것 같다
밤길을 걸어 도착한 아파트
우편함에 낯선 연하장이 들어 있다
인대 수술을 받은 병원에서 보낸 연하장
기러기 몇 마리가 설날이란 것을 물고
내 몸속으로 날아들었다

손잡이에 관한 사유

전철의 흔들리는 손잡이에서
사유의 방향은 정해진다
손잡이를 잡았던 사람들은 어디로 갔는가가
첫 번째 사유다 과연 어디로

너를 붙잡고 있던 동작과 온기가
아직 손잡이에 남아 있는 한
너는 온전히 사라진 것은 아니다
손잡이의 흔들림이 그걸 말하고 있다

두 번째 사유는 내가 잡았던 것이
과연 손잡이냐이다
과연 잡았던 것일까
모든 잡았던 것은 언젠가 놓을 수밖에 없고
잡는다는 행위도 없고
손잡이도 없는 것이다

그럼 지금 눈앞에서 흔들리는 손잡이는

대체 무엇인가가 세 번째 사유다
그건 손잡이가 아니라 그냥 춤이다
나는 전철을 타고 귀가하지만 그건
귀가가 아니라 그냥 춤이다
나는 눈을 감고 졸고 있지만
잠 속에 불면은 있어 그건 잠이 아니라
그냥 불면의 춤이다

그럼 춤은 무엇이냐가 다섯 번째 사유다
그건 춤이 아니라 꿈이고 추상이다
꿈이 없으면 손잡이도 없고 전철도 없고
사유도 없고 나도 없다

우리는 모두 여기에 있고
동시에 저기에도 있다
여기에 없으면 저기에도 없다

열쇠

미닫이문을 열고 안으로 들어섰을 때 세상의 마지막 문고
리를 잡은 기분이 들었다 내가 살아보지 못한 세계의 문을
여는 열쇠가 주렁주렁 매달려 있었다 아직 깎이지 않아
세상의 모든 문을 열 수 있을 것 같은 민짜배기 열쇠들……

두 개 깎으면 삼천 원, 한 개 깎으면 이천 원이었다 열쇠가
아니라 구름이었다 열쇠가 아니라 수증기였다 일원론과
이원론 중 하나를 택일하라는 문제 같았고 나를 끼우지
않으면 열리지 않는 어떤 물질에 관한 질문 같았다

남들이 웃을 때 전혀 웃지 않는 웃음의 실종에 관한 그런
열쇠, 일 년을 참았다가 새해 아침에 바꿔 다는 탈착식
면도날에 대한 맹목적 집착이라는 그런 열쇠, 증발하는
침묵이라는 그런 열쇠…… 내가 깎고 싶은 것은 나를 여는
열쇠였다

제4부

남정현 선생의 웃음

어느 날 쌍문역 부근 자택으로 찾아가
남정현 선생에게 물어보았다

"소싯적에 웬 기인을 따라 만주에 갔었다고
3년 전인가 들려주셨지요?"
"내가 그런 말을 했나?
전혀 기억이 없어
내가 왜 만주에 갔을까"

선생은 자신이 한 말조차 기억하지 못했다
도리어 무슨 흰소린가 지청구하듯
담뿍 환해지던 웃음만이
만주에 갔다가 보름 만에 돌아왔다는
소싯적 웃음이었다

손지가 내게 온다면

나는 아직 손지가 없지만
손지가 내게 온다면
손지를 포대기에 엎고 눈 쌓인 동네를 한 바퀴 돌면서
뽀드득 발자국소리를 들으며 내가 엎고 있는 게 달이며
해이려니
언 손을 호호 불어보기도 하겠네

눈은 녹고 땅은 질퍽거리고
모든 게 하늘의 입김에서 시작되었으니
그만 눈이 부셔 손으로 햇살을 가릴 때 그 손이 손지에게는
구름도 되고 지붕도 되고
손지가 내게 온다면
나만 서글퍼도 좋겠네

하늘에도 진창길이 있고 눈이 될동말동한 저기압의 습기
가 있고 이리저리 습기를 몰고 다니는 바람이 있고
나는 손지를 포대기에 엎고 지는 해를 바라보고

손지가 내게 온다면
나만 서글퍼도 좋겠네

고향을 떠나올 때

오래전 아버지가 있었다
광주 계림동 마당 너른 집 툇마루의 기둥을 붙들고 드잡이
하던 아버지가 있었다
이렇게 살 바에야 죽는 게 낫겠다며 분통을 터뜨리던
아버지와 아버지의 허리춤을 붙들고 울던 어머니와 야,
야, 이러면 못 쓴다, 아버지의 등을 토닥이던 할머니와 그
연극무대를 토방에서 올려다보던 아이가 있었다

기둥이 뽑히고 지붕이 내려앉을 것 같던 그때
아이와 눈이 마주친 순간
희번덕거리던 눈동자의 살기가 거짓말처럼 삭아들던 아
버지가 있었다

임종 사흘 전 아버지에게 물었더니
그런 일이 다 있었더냐
빙그레 웃던 아버지가 있었다

"전쟁 직후 내가 월북한 셋째 형의 자격증으로 유치원에

들어가지 않았겠냐

　그러다 차차 자격증을 땄지만 형사놈이 그걸 꼬투리로
매달 월급봉투를 가로채 갔지

　내 이름으로 살고 싶어 상경을 했단다”

　그때 그 아이가 멀뚱멀뚱 천장만 바라보던 아버지 곁을
지킬 때

　이제 마음 편히 한번 가볼까, 하고 기저귀를 찬 채

　고향으로 돌아가던 아버지가 있었다

뜨거운 피

옛 앨범에서 사진 한 장을 휴대전화로 찍어
아들에게 보여주었다
만지기만 해도 부스러지는 앨범
부스러지는 건 세월만이 아니었다

"이 양반이 아빠의 셋째 삼촌이란다
넌 처음이지?"
"귀가 전혀 우리 쪽 귀가 아닌데요
우리는 귀가 쪽 빨렸는데 이건 부처님 귀인데요"

"의심할 게 뭐냐
한 가족이라도 낳아놓고 보면
쪽 빨린 귀도 있고 도톰하게 늘어진 귀도 있지"

"그렇지만 아무래도……"
아들은 고개를 갸우뚱했다

"이 양반으로 말할 것 같으면

내 어깨에 올라앉은 귀신이란다
내가 젊었을 때 할머니가 점을 보았더니
전쟁 때 죽었다는 이 양반이 내 어깨 위에 앉았더란다"

아들은 더 듣고 싶지 않은지 방으로 사라졌다
사라지는 것이 이렇게나 쉽다
아들은 사라지는 것을 스스로 보여주고서도
사라진 것에 대해 실감하지 못했다
사라짐을 이해하기엔 아직 뜨거운 피다
피가 식으면 저절로 보이겠지

그러자 어깨 위에서 신호가 왔다
그만하면 됐으니 어서 산책이나 가자고
그럼 나는 삼촌이 전사했다는 낙동강 전투를 떠올리고
삼촌이 왜 인민군으로 내려와
피를 흘리며 죽어갔는지 떠올리는 것이다

청파

청파동으로 이사한 고모를 보러 갔다
중학생 교복에 가방을 들고
나에게는 먼 길이었다
급경사진 층계를 오르는데
공동화장실 냄새가 지독했다
길거리에 붙은 주상복합상가 3층
그냥 이사가 아니라 빚에 쪼들린
마지막 선택지였다
4남 2녀 중 맏딸은 군인과 결혼해
전방의 장교 주택에 살았고 큰아들은
대학을 중퇴하고 입대해 그나마
고모와 남은 자식들은 몸을 눕힐 수 있었다
화장품을 떼어 팔던 고모가
처음 라면이라는 것을 끓여주었고
나는 청파라는 이름을 좋아하게 되었다
청파에서 봄 냄새가 났고 파, 하고 발음하면
그 모음이 여러 가닥으로 변신하곤 했으니까
사위가 별을 달자 고모네 살림도 변했다

무궁화까지는 내가 어림할 수 있는 계급이었지만
별을 단 후엔 쳐다보기에도 목이 아팠다
별은 나에게 한 다리 건너의 별이었지만
고모네 식구에겐 굳건한 자부심이었다
기죽지 않고 살 수 있다는 그들 눈동자의
작은 반짝임을 나는 이해했다
별은 너무 높이 올라갔고
사촌들은 모두 입지가 좋아졌지만
시나 쓰는 서생으로서 나는 개천에서
용이 났다는 말이 실감 나지 않았다
요즘도 나의 시는 별이 아니고
다만 추락하는 언어요
청파를 인생의 봄으로 기억하는
한 마리 송충이의 언어일 뿐이다

한밤의 미역국

혜화 어디쯤이라는 말을 들은
십여 년 전부터 혜화동을 지날 때면 번지수도
모르는 그곳을 찾느라 두리번거렸다

얼마 전 우연히 혜화동 로터리에 갔을 때
골목길 축대 위 저택은 큰 나무들이 굵은 가지를
내밀고 연식이 오래돼 보였다

연혁을 보니 조영朝映 일본인 사장
다나카 사부로 사택
얼마 전까지 서울시장 공관을 거쳐 지금은
한양도성안내센터가 들어서 있었다

낙산에서 뻗은 성곽이 담을 이루는 곳
백부는 그곳에서 친일영화인들을 몰아내고
조선프롤레타리아영화동맹을 결성한 뒤
북으로 갔다

영화로 무엇을 할 것인가?
영화로 국가를 건설하자!
귀에 들리는 것 같은 그 날의 함성

밤늦게 귀가해 식은 미역국 한 그릇을
허겁지겁 해치웠다
영화필름같이 희번덕거리는 건더기가
내게 남겨진 전부였다

떴다

요즘은 글방에 걸어놓은 백부의 사진과 눈을 맞추는 나날
이다
1935년 12월 찍었다는 날짜가 아직도 선명한 사진
어제는 산길을 넘어오다가 황매화 한 송이를 꺾어 사진
앞에 꽂아두었다
내가 가고 없는 밤중에 향기라도 흠향하시라고

꽃을 꽂아놓고 보니 그토록 큰형이 보고 싶다던 아버지가
생전에 왜 이산가족 상봉 신청을 하지 않았는지 이해할
수 있었다
백부는 저세상 사람이 된 지 오래지만
요행히 장조카라도 만나 오래 참은 그리움이 깨질 바에야
꽃 한 송이라도 당신 안에서 피우는 것이
더 근사한 일임을 아버지는 알고 있었다

백부가 바라보고 있는 것은 청운의 꿈이고
나는 사진 속 청운에 닿지 못한다
한 번 태어났으니 한 번 지는 것

비바람과 눈보라와 천둥 번개가 꿈의 내력이었다

백부는 할리우드 키드는 아니었다
오히려 구로사와 아키라 쪽이어서 일본에서 영화를 공부
하고 귀국해 해방 다큐멘터리를 찍다가 월북했다

내가 고2 때 청량리 대왕극장으로 영화를 보러 갔다가
정학을 당했을 때
아버지는 속으로 피는 못 속인다고 쓴웃음을 지었을 것이
다

야, 떴다
이건 규율선생들이 극장에 들이닥쳤을 때 우리 쪽에서
내지르는 소리이다
백부의 떴다와 내 떴다는 40년 시차를 두고 공명했으니
스무 살 백부의 사진을 벽에 걸어놓고 눈을 맞추는 것을
이해하시라
과거는 미래의 아버지이고 미래는 과거의 자식이 아니던가

안 그렇소? 스무 살 백부여

월북 후 행적을 더듬으면 백부는 모스크바에도 떴고 프라
하에도 떴으며 장춘에도 떴고 단동에도 떴고 저승에도 떴다
오늘은 휘영청 달도 떴다

낙지

낙원상가 허름한 식당에 들어갔다가
차림표를 물끄러미 쳐다보았다
'낙지비빔밥^{章魚拌飯} 6,000원'

낙지를 중국어로 장어^{章魚}라고 쓰는지
왜 낙지에 글 장^章자를 쓰는지 생각하다 말고
외숙이야말로 장어^{章魚}였구나
수긍하고 만다

그렇지 않아도 외숙을 땅에 묻고 귀경한 저녁
쓸쓸한 나머지 인파 북적거리는 종로통에 나온 참이었다

전북 장수군 산서면에서 태어나 전북 임실군 오수면
선산에 묻힌 외숙은 조태일 시인과 국문학과 동창이니
학창 시절엔 글 쓰는 장어^{章魚}였다

일찍 상경해 마포에서 고교를 다니던 외숙은
산판일을 하던 외조부가 송판을 켜 화물열차로

세 차, 네 차 실어 보내면 교복을 입은 채
근방 목재소를 찾아다니며 수금을 했다

하숙을 어느 목재소 사장 집으로 정한 건 외조부였다
자식까지 맡겨놨으니 돈 떼일 리 없을 거라는
외조부의 계산이 외숙의 첫 번째 다리였다
외숙의 다리품은 사촌 형제들의 대학 공납금이 되었다

청계천 판자촌은 그때 실어 보낸 송판으로 지어졌지,
그렇게 말하던 말년의 외숙은 서울의 전후 복구사업에
일조를 했다는 자긍심 비슷한 웃음을 지었으나
글을 써야 할 장어章魚의 첫 번째 다리가 잘린 후였다

두 번째 다리는 대학 졸업 후 고향에 내려와 맡은 주조장
세 번째 다리는 제재소와 차부 시외버스 매표소
네 번째 다리는 통일주체국민회의 대의원
1972년 12월 장충체육관에서 열린 제1대 대의원대회에서
태극기 깃봉이 쓰러지는 유신정권의 업보를 두 눈으로

똑똑히 보았다며 혀를 내두른 것도 외숙이었다

다섯 번째 다리는 원불교 산서교당후원회장
여섯 번째 다리는 장수군 방범대장
일곱 번째 다리는 산서면 예비군 중대장
여덟 번째 다리는 산판일을 보다가 오토바이 사고로
절뚝거리는 왼쪽 다리였다

오늘 장어를 땅에 묻었다
외숙의 소설은 화물열차에 실려 마포에 도착한 송판더미
에서 시작되었고
외숙의 시는 여덟 개의 다리가 땅에 묻힘으로써 종결되었
다
외숙은 저세상에 가서도 다리 하나를 내밀어
탁주 한 잔을 휘저어 주었다

화곡

화곡에 간다
평소엔 잘 가지 않는 곳
공항이 근처에 있어 비행기가
아파트를 스칠 듯 착륙하는 동네
착륙보다야 이륙을 낫겠지
숨이 턱턱 막히는 국가를 탈출하려면
꼭 통과해야 하는 화곡
하늘로 가는데 이만한 동네는 없겠지
싶다가도 화곡에 간 몇 번을 떠올리면
번번이 장례식장이었다
오늘 가고 있는 건 고교 동창의 장례다
안산에 혼자 살다 죽은 지 열흘 만에
아들에 의해 발견되었다는 그 아들을
본 적은 없다 경찰이 왔고 부검을 했다는
소식이 왔을 뿐 누구의, 누구에 의한,
누구를 위한 아버지들이냐
아버지들은 비행기도 아닌데 하늘로 가고
아들들은 땅에서 사는가

사인은 보나 마나 고독사일 것이다
고독한 비행사는 그렇게 하늘로 갔다
화곡에 간다
내가 그 고독에 연루되어 있다는
생각을 떨쳐버리지 못한 채
작년 연말 전화가 왔을 때 받지 않았다
내가 누군가를 기피하는 동안 누군가는
돌아오지 못할 여행을 준비하고 있었다
여권이 필요 없는 여행
화곡에 간다
비행기를 타는 기분으로
그 아들이 아버지와 얼마나
닮았을까 상상하며

겨울 코트를 벗으며
— 이광형 1주기에

겨울 내내 입고 다닌
까만 코트를 너의 1주기에 벗는다
내 옷차림은 검은색 일색이었다
너를 조문하는 것과 아무 상관 없는 색이
오늘은 무슨 상관이 있어 보인다

네가 떠난 것은 작년 봄이었다
항암치료를 받던 그 겨울에 나는
너에게 가지 못했다
너는 석 달 만에 숨을 거뒀다
신문사에서 삼십 년을 붙어 있었는데
암전暗電 – 전기가 나가버렸다

너는 길을 걷다가 휴지도 없이
코를 푼 두 손가락을 가로수에 쓱쓱
닦을 때가 있었다
그럴 때 너는 어느 옛 마을에서
도시 구경을 온 그냥 이생원이었다

기억하고 있니?
가로수가 눈을 찡그리던 장면을
손을 닦으라고 내가 주워 건넨
은행나무 커다란 잎을

봄이 되어 겨울 코트를 벗을 때 나는
넉 달 조문을 갔다 온 것처럼
얼굴이 쭈글쭈글해졌다
이제 누가 코를 풀어
가로수를 찡그리게 하리

골백번도 더 그랬듯
어느 흐린 날 좋아하던 술을 마시고
혀 꼬부라진 네 목소리가 듣고 싶다
너는 거기서 내가 살려고 발버둥 치는
소리를 들을 테지
오해는 말아다오
아무도 너를 완전히 이해한 사람은 없었다

지상에 대한 마지막 경례

2018년 7월 3일 오전 11시
화정 명지병원 C동 501호
침상의 최인훈 선생은 인기척을 듣고
동공 풀린 눈을 깜박 떠 힘을 주는가 싶더니
마른 나뭇잎 같은 손바닥을 천천히 내밀었다
사모님이 짜준 소독약에 손을 씻고
손바닥 아래 손을 갔다 댔다
수맥에 아직 물이 돌고 있었다
양지도 음지도 아닌 지상의 마지막 한때
딱히 할 말은 없고 발바닥을 간질였더니
선생은 천천히 손을 거둬들여
맥아더보다 더 근사한 경례를 붙였다
함북 회령 산판집 장남으로 태어나
소군정도 미군정도 다 겪은 마당에
경례가 무엇이더냐
발바닥은 선생이 월남해 살았다는 목포 근방일 수 있고
머리 부근은 고향 땅 회령쯤일 수 있고
침상은 허리 잘린 한반도의 지형일 수 있다

곁에서 지켜보던 사모님이 눈시울을 붉히며 하는 말,
이게 마지막 인사예요
이런 인사는 아무에게나 하지 않는 건데……
사흘을 굶어도 배가 부를 것 같은 선생의 경례
지상에 대한 마지막 경례였다

폭설 속에서

    1

어떤 나라는 어떤 나라를 금지하지 않고 영공을 허락한다
하바롭스크로 갈 때 아에로플로트는 북한 영공을 옆구리
로 날았다
이럴 줄 알았다면 창가 좌석에 앉을 것을
북한은 보이지 않지만 구름이라도 실컷 보게

구름에 국적이 있을 리 없다
구름을 가르며 은빛 날개 하강 시작
기내 방송으로 들었다
하바롭스크는 지금 폭설, 기온은 영하 35도
이때부터 벅차올랐다

폭설이라니
남쪽에서 실종된 겨울을 되찾았다는 안도감이라니
설은 다가오고 있었고 통장 잔고는 바닥에 가까웠다
이럴 때 폭설이었다
세속에 대한 연민을 끊는 데 폭설만 한 게 없었다

폭설은 아무렇게나 오는 게 아니었다
위에서 아래로
하강하다가 다시 상승으로
바깥에서 시작되어 내부로
내부에서 내부를 날려버렸다

나무도 눈을 뒤집어써야 서정이 되고
자아도 눈을 맞아야 더 큰 자아가 되는
자기 연민의 변형으로서의 내부가 폭설이었다

분명 국경을 넘어왔는데 어린 시절의 풍경이었다
나를 위한 총동원령으로서의 폭설
아무르강이 승천하지 못한 용처럼 얼어붙어 있었다
빙하의 기후대는 멸종된 매머드와 관련이 있고
지난날의 모든 여름이 아무르에 와서 얼어 있었다

폭설 또 폭설
어디까지가 물질이고 정신인지

양극을 섞어버리는 혼돈
나라고 할 만한 게 없었다
내가 없어졌다
폭설 속에서

　2

읍내 버스터미널 같은 공항 통과
입국자는 서른 명 남짓
하바롭스크가 그들의 눈동자로 재발견되는 순간
찰칵찰칵, 역사가 요즘은 파인더 안의 자동일기였다
실시간의 나를 휴대전화로 찍고
트렁크 바퀴를 굴리며 밖으로

담배 한 개비 태우는 동안 택시가 왔고
택시 안이 하바롭스크에서의 첫 실내였다
어디로 가냐, 라고 물었을 때 대답하지 못했다
오후 4시에 지는 태양을 바라보느라
차창 밖으로 손을 뻗으면

죽은 사람의 머리카락이 잡힐 것 같았다
폭설 또 폭설

공원, 사거리, 언덕길, 역전, 고가도로에서 좌회전,
공장지대, 아파트촌, 직진하다 우회전,
모든 게 방향을 나타내는 단어라면
폭설도 방향의 단어였다

한 번은 내려야 할 폭설
태어나고 죽는 폭설
돌아가고 싶지 않아도
돌아가게 되어 있는 폭설
어디에도 구원이 없어 폭설은 내리고
내가 나를 번역한다는 게
탈주의 심리를 반영한 실종이었다

서울의 가족들은 모호하게 웃으며
마감뉴스를 보고 있을 시간

내가 아버지를 타고 달렸듯
내 자식도 나를 타고 달리고 있다는 사실이
폭설 속에 유언처럼 묻히고 있었다

설에는 돌아갈 수 있을까
질문마저 묻혀버리는 폭설 속에서
내가 지워지고 있었다
장난처럼, 장난처럼

눈물에 웬 청어 냄새?

눈보라 몰아치던
2019년 12월 8일 늦은 밤
블라디보스토크 1인 숙소

청어 통조림을 따다가
손가락에 걸린
둥근 양철반지 같은 것이
영원의 맹세 같은 것이
두 눈을 찌르며 돌진하는 순간

코끝이 찡해지고 손이 흔들려
흘러내리는 국물을 닦다가
눈시울을 찍어낸다는 것이 그만,

청어가 눈물을 닦아주고 있었다

다시 찾은 습작 노트

― 이상李箱에게 띄우는 편지 풍으로

1

안녕하십니까?

이렇게 쓰고 보니 마뜩잖군요. 이건 누군가의 안부를 묻는 정형화된 질문이지만 이미 백골이 진토한 당신의 안위를 묻는 모순이 해괴합니다. 하지만 '안녕하십니까?'의 의문부호는 당신과 나 사이에 많은 의문이 가로놓여 있다는 것을 우회적으로 드러내는 기호이지요.

내 소개를 하지요. 나는 20세기에 태어나 21세기를 살아가는 시인 등속에 픽션다운 픽션을 써본 적 없는 논픽션 비슷한 작가입니다. 애초에 허구를 좋아하지 않는 타입이어서 주변에선 나를 인생파라거나 탕진파라고 부른답니다. 직접 체험

한 리얼리티가 전제되지 않으면 한 자도 쓰지 못하니 그건 내가 문체적 결벽증을 앓고 있다는 말과도 상통합니다.

한여름 밤의 꿈처럼 붉은 객혈을 쏟아내고 산화한 당신의 스물일곱 살 요절은 당신의 천재를 죽음의 상자에 봉인했지요. 그게 내가 당신을 애도하는 직접적인 이유이지만 그보다 더 슬픈 것은 당신이 한 점 소생 없이 산화했다는 데 있을 겁니다.

당신의 남동생 운경은 6·25전쟁 때 행방불명되었고 누이 옥희 역시 두어 차례 당신을 회고하는 글을 지면에 노출하고 2008년 12월 세상을 떠났으니 당신의 혈육이 모두 멸滅한 쓸쓸함을 지울 수 없군요. 그렇기에 백 년 전, 이 땅에 초현실주의라는 문벌을 열어놓은 채 필명 이상李箱으로 활동한 인간 김해경에의 접근을 봉쇄해버린 것 자체가 당신의 문학적 신화에 버금가는 가역반응이 아니고 무엇이겠습니까.

잠시 이야기의 물꼬를 돌려볼까요. 내가 사는 집 근처에 오르골 가게가 있습니다. 간판은 'orgel'이라고 초록색 잉크로 도톰하게 새겨져 있는데, 그게 네덜란드어임을 알게 된 것은 최근의 일입니다. 벽면에 붙은 작은 작업대에 깨알만한 나사와 작은 드라이버들이 흩어져 있는 것으로 미뤄 수리전문점이 틀림없을 겁니다.

왜 오르골 이야기를 꺼냈는지는 나도 잘 모릅니다. 당신의 필명 가운데 상자를 뜻하는 '상箱'이 들어 있다고 해서 오르골

상자를 연상한 것도 아닙니다. 다만 이렇게 말할 수 있을 겁니다. 당신의 짧은 인생에도 오르골의 부품만큼이나 많은 조각들이 존재하고 있고 그것을 일일이 조립해야 당신이라는 음악을 들을 수 있다고 말이죠. 자칫 부품 하나라도 잘못 조립한다면 영영 당신의 음악을 들을 수 없겠지요.

조립과정에서 필요한 것은 인내심입니다. 그러니 당신도 인내심을 갖고 편지를 읽어 주기 바랍니다. 내가 말하고자 하는 것은 완성된 조립품에 관한 게 아니라 조립과정에 대해서입니다.

천재 이상은 위트와 패러독스와 연애까지를 우주로 쏘아 올린 발사체였다면 인간 김해경은 궁핍과 신경쇠약과 폐결핵과 불효에 대한 죄의식 따위로 점철된 그로테스크한 귀면鬼面의 소유자였지요. 이상이 작소鵲巢머리에 백단화를 신고 초현실주의의 화신으로 종로통을 걸어 다닐 때 김해경은 경제적 무능을 횟배처럼 앓으며 이상이라는 문학적 제단 위에 검붉은 객혈을 쏟아낸 불쌍한 희생양이었지요. 천재 이상의 획득 뒤에는 인간 김해경을 산 제물로 바치는 문학적 주술이 개입되었던 것이지요. 그건 김해경의 숙명이었을까요, 이상의 숙명이었을까요.

"이리하여 나의 종생은 끝났으되 나의 종생기는 끝나지 않았다"는 「종생기終生記」의 마지막 구절처럼 당신의 '종생기'는 차라리 '부활기'가 아니었던가요. 모든 종언은 기원에

135

맞닿아 있지요.

2

이제 당신이라는 오르골의 첫 번째 나사를 풀어봅니다.
내가 당신을 알게 된 건 1975년이나 1976년이었을 겁니다.
고교 1학년 혹은 2학년, 어느 쪽이라고 해도 차이는 없지요.
내게 1975년과 1976년은 문청文靑이라는 하나의 심장을 공유
한 쌍둥이나 마찬가지였으니까요. 당신은 내 흡연의 원인
제공자이기도 합니다. "니코틴이 내 횟배 앓는 뱃속으로
스미면 머릿속에 으레히 백지가 준비되는 법이오. 그 위에다
나는 위트와 패러독스를 바둑 포석처럼 늘어놓소."

당신의 소설 「날개」의 한 대목인 이 문장만큼 흡연을
부추기는 도발적인 문구는 아마도 없을 겁니다. 담배회사는
당신에게 공로패라도 주어야 할지 모릅니다. 내 앨범 속엔
두 까까머리 고등학생이 결의에 찬 눈초리로 정면을 쳐다보
고 있는 사진이 있지요. 이런 사연이 있습니다.

나는 고교 2학년 때 친구와 함께 학교 앞 분식집에서
라면을 먹고 나옵니다. 친구는 한적한 골목에서 담배 한
개비를 빼물고 나에게도 한 개비를 건넵니다. 내가 담배를
받아들고 불을 붙인 건 당신의 그 문제적 문장 때문이었다고

136

말할 수 있습니다. 하지만 니코틴이 몸속에 스며든 순간, 머릿속에 백지가 준비되었는지는 당장 알 수 없었지요. 그날 이후 내 생은 백지에 대한 공포의 연속이었다는 것을 알게 된 것은 어느 정도 시간이 흐른 후였으니까요.

다음 수업은 국어 과목이었지요. 학생주임 겸 국어 교사는 수업에 앞서 흡연자를 색출한다며 학급의 모든 학생들의 두 손을 자신의 코앞에 내밀게 했지요. 우리 둘은 여지없이 걸리고 말았답니다. 수업이 끝나고 교무실로 불려간 우리 둘은 엎드려 뻗힌 채 각목으로 허벅지를 십여 대씩 두들겨 맞습니다. 그 망신을 기념하기 위해 나는 친구와 함께 학교 근처 사진관에서 흑백사진을 찍고 하단에 '새 출발을 기념하며'라는 문구를 새겨 넣었지요. 나에게 있어 당신을 구성하는 첫 번째 부품은 문자가 아니라 담배였던 것이죠.

담배에 관한 한 당신과 나는 근친관계라는 하나의 사실을 확대해석하면 당신은 이 땅의 문청文靑들을 흡연으로 이끈 장본인임을 부인할 수 없을 겁니다. 당신은 이렇게 반문할 수도 있겠지요. "흡연결정권은 각 개인에게 있으므로 나는 이 땅의 문청들의 흡연과는 아무 관계가 없다"라고요. 걱정하지 마세요. 당신에게 미필적 고의에 의한 손해배상을 청구할 생각은 전혀 없으니 말이죠. 더 정확하게 말하면 당신이 나에게 각인시킨 것은 담배가 아니라 '백지'였고 나는 '백지'에 무엇인가를 끼적여야 했지요. 고교를 졸업한

1978년의 습작 노트에 이런 구절이 있습니다.

　방안엔 아무도 없었다. 방은 심심했으나 잘 견디어냈다.
내가 들어간 후로 방은 더욱 심심하다. 방은 낯선 침입자를
경계하는 듯하고 나도 방을 두려워해서 구석이 있다. 그곳은
나의 출생지이며 나의 사망지이다.
　방은 두 눈으로 나를 응시하고 나는 마치 두 개의 커다란
태양의 아래에 있다. 내가 방 안에 있는 고로 방 안엔 두
개의 세계가 대치하고 있건만 방은 분열되지 않고 내가 들어
온 여전히 그 하나의 방이었다. 나는 37도의 오열을 머금은
토막이건만 방은 나의 열기를 느끼지 못하는 듯 마주 보는
두 벽을 교차시키는 장난질 중에 있다. 방안은 흡사 쓸쓸한
무덤 그것이었다.
　하나 나는 방을 떠나지 않았다. 방의 문은 다만 또 다른
방과의 통로이기에……. 나는 방 안에 있었고 내내 방 안에
있는 채이다. (1978. 6.)

　문체나 문장의 전개 방식으로 미뤄 나는 어지간히 당신에
게 중독되었던 모양입니다. 대학입시는 뒷전이었고 당신의
작품집을 너덜너덜하도록 끼고 살았던 것이죠. 중독은 모방
을 낳고 모방은 더 지독한 중독을 낳고……. 나는 당신과
나를 혼동하는 지경에 이르렀는지도 모릅니다. 습작 노트엔

이런 글도 있지요.

　　나는 나의 주인인지라 나를 모르는 슬픔이 있습니다. 그
슬픔은 백지 위에도 나타나는 법이 없는지라 나는 나의 슬픔
을 모르는 슬픔도 있습니다. 하나 슬픔 없는 백지 위엔 나무가
자라고 꽃이 피고…… 강이 있습니다. 종이 위의 강은 여름에
도 넘치지 않습니다만 나의 강은 겨울에도 넘쳐흐릅니다.
그리하여 나를 찾아오는 나그네의 발걸음을 돌려놓습니다.
나그네는 나를 미워합니다만 나는 나그네를 미워하지 않습
니다. 다만 나 자신, 나그네가 될 수 없는 나를 미워합니다.
이윽고 나는 나를 떠나지 않는 까닭으로 강물 속에 잠겨
갑니다. 내가 강물 속에 잠기면 나는 나의 주인인지라 나를
아는 기쁨도 있겠습니다만 그 기쁨마저 강물에 씻기니 나는
나의 기쁨을 알 수 없습니다. 내가 끝내 나의 기쁨과 나의
슬픔을 모르는 까닭에 나의 주인마저도 나를 떠나갑니다.
그렇다면 나는 나를 혼동하는 나를 버린 셈이라 진정한 나를
찾을 수 있을지도 모르겠습니다. (1978. 7.)

　　그 시절의 나는 자아의 확인이랄까, 자아의 갱신이랄까,
하는 문제에 사로잡혀 있었던가 봅니다. '주인'이라는 단어
가 유독 많이 쓰인 게 그것이죠 '나의 슬픔을 나도 모른다'라
고 전제한 순간 나는 나그네를 불러들입니다. 나그네의

정체는 당신입니다. 그만큼 나는 나와 당신을 혼동하는 착각 속에서 문청 시절을 보냈지요. 게다가 말투 역시 1930년대의 당신을 닮아갔던 것이죠. 그러나 나는 누구에게도 습작 노트를 보여주지 않았지요. 단지 두어 명의 친구만이 내가 당신에게 심취되었다는 것을 알고 있었을 뿐이죠. 습작 노트엔 친구들에게 들려준 어록 같은 것도 적혀 있지요. 예컨대 이런 것이죠.

인간이 태어날 때 눈 둘, 혀 하나인 것은 말하는 것보다 두 배로 볼 수 있도록 하기 위해서이다. 그러나 인간의 행동으로 보아 말할 것 같으면 혀 둘, 눈 하나로 태어난 것처럼 생각될 것이다.

이렇게 개똥철학자 행세를 하다가 어느 겨울방학에 읽은 책이 당신의 소설 「날개」였지요. 아버지가 주문한 문고판은 시리즈가 분기별로 추가될 때마다 판매원이 책을 가져와 구독카드에 도장을 찍어주었지요. 어느 날, 판매원으로부터 받아든 한 아름의 문고판 가운데 당신의 「날개」를 발견했던 것이죠.

"박제가 되어버린 천재를 아시오? 나는 유쾌하오. 이럴 때 연애까지가 유쾌하오."로 시작되는 「날개」를 한때 줄줄 외우고 다녔을 정도였지요. 얼마나 외웠느냐 하면, 10분

휴식 시간에 친구들 앞에서 암송을 하다 보면 수업종이 울릴 정도는 되었던 것이죠. 내가 당신에게서 읽은 것은 몰락한 가문에 연루한 데카당스와 허무와 퇴폐였지요.

3

당신은 아버지 김영창과 어머니 박세창 사이에서 1910년 8월 20일(양력 9월 23일) 장남으로 태어납니다. 하지만 3세 때부터 23세까지 20년 동안 백부 김연필 댁인 경성 통동(지금의 통인동) 154번지에 살았지요. 당신은 백부의 집에 양자로 들어간 것으로 알려져 있지만 호적에 양자로 입적한 것은 아니었지요. 당신이 백부의 집에 들어갈 당시의 호주는 조부 김병복이었지요. 조부는 큰아들 김연필에게 자식이 생기지 않자 둘째 아들의 장남인 당신을 집에 들인 것인데 강릉 김씨의 대를 이어야 한다는 게 조부의 생각이었을 겁니다.

하지만 이듬해인 1914년 조부가 세상을 떠나자 백부가 집과 재산을 물려받았지요. 백부는 당신의 생부에게 이발소를 차려줍니다. 당신의 생부는 경복궁 궁내부 하급 기술직으로 있던 형의 연줄로 궁내부 활판인쇄소에서 일하다 종이 절단기에 손가락 셋을 잘리는 사고를 당했으니 생계가 막막

하던 차에 이발사가 된 것이죠.

생부가 이발소를 운영하며 빈궁한 살림을 꾸려나갈 때 당신은 백부의 집에서 그림에 탁월한 재능을 보이며 성장합니다. 당신의 꿈은 화가였지만 보성고보를 졸업할 때 결정한 진로는 경성고등공업학교 건축과였지요.

당신의 백부는 경성고공의 전신인 공업전습소 출신으로, 조선총독부 상공과에 근무하고 있었기에 당신은 백부의 지엄한 권유를 거절할 수 없었던 것이죠. 경성고공 건축과에 진학하면 교내 화실을 이용할 수 있어 붓과 캔버스를 놓지 않아도 된다는 게 당신의 유일한 위로였을 겁니다. 경성고공 건축과를 1등으로 졸업한 당신은 1929년 3월 조선총독부 내무국 건축과 기수로 근무하면서 당신의 본가로 옮겨옵니다. 당신이 몰락한 가문의 상처를 실감하게 된 것도 그 무렵이었지요.

4

내 고교 졸업식은 1978년 1월 9일에 열렸지만 나는 졸업식에 참석하지 않았답니다. 졸업식이 끝난 뒤 혼자 교정과 교실을 둘러보는 내가 있었을 뿐이죠. 습작 노트에 이렇게 적혀 있더군요.

졸업식에 가지 않은 그 날의 나의 행적은 투박한 발걸음만의 타박거림으로 하소연 되어질 수는 없는 것일까. 운동장에 뿌려진 밀가루, 찢어진 모자 몇 개, 그리고 오색 테이프만이 남은 교정은 아무런 감정도, 낭만도, 쓸쓸함마저도 나에게 가져다주지 못했다. 나의 책상에는 이미 써늘한 참새의 동사체에서 느껴진 푸른 두려움과 또 다른 아픔만이 스미고 나의 칠판에는 내가 기억하지 못하는 많은 것이 써지겠지. 이리저리 교정 구석구석을 헤매었다. 그림자가 나를 닮아 불쾌했다. (1978. 1. 9.)

이 습작은 그 무렵 아버지가 들려준 '북으로 간 형제들' 이야기와 관련되어 있습니다. 아버지는 비 내리는 어느 여름날 나에게 지하실에 내려가 어떤 물건을 가져오라고 하셨지요. 그 물건이란 지하실에 보관하고 있던 보따리였고 보따리엔 먼지를 켜켜이 둘러쓴 낡은 앨범 대여섯 권이 들어 있었지요. 한 귀퉁이에 쥐가 쏠고 간 흔적이 남아 있었고 퀴퀴한 냄새를 풍기는 앨범이었지요. 아버지는 앨범들을 하나씩 꺼내 펼치더군요. 넓은 이마에 반곱슬머리를 하고 반짝이는 눈으로 정면을 응시하는 사각모의 대학생 사진들이 거기 붙어 있었지요. 젊은 날의 아버지를 쏙 빼닮은 얼굴들. 흑백사진의 주인공들은 아버지의 형제들이었지요.

아버지에게 세 형이 있다는 사실을 그날 처음 알게 되었을 때 어지럼증이 일더군요.

사진 속에 멈춰진 과거의 빛이 내 안구를 간질이고 있었지요. 후지산富士山을 배경으로 영화 촬영을 하고 있는 사진이며 일본대학 정문에서 조선인 유학생 친구들과 함께 찍은 사진이며 해방 직후 종로 거리를 활보하고 있는 사진이며 사진 속 주인공들은 시간을 거슬러 현재에 되살아나고 있었지요.

문제는 그다음입니다. 그날 이후 나는 점점 입시 공부에 흥미를 잃고 내면의 목소리에 귀를 기울였지요. 이런 메모를 하면서 말이죠.

　나의 입은 나의 귀와 이야기하다. 찢어진 블라우스의 내부 — 그것은 난도질당한 원이 복구되지 않은 채이다. 나의 귀는 박수하고 만다. 그러나 나는 이것으로 나의 권태를 소모할 수가 없다. 그리하여 캘린더의 공백에 낯선 숫자를 나열한다. 그러면 그 숫자들은 또 다른 날이 되어 나의 권태 속으로 밀려온다. 나는 남들이 모르는 시간 속에 내내 있을 수 있다. 그것은 요절에 이르기조차 하는 모험에 지나지 않는다. 나는 이제 막 높다란 전신주 위에서 내려왔다. 내가 전신주 위에서 펄럭일 수 있는 깃발이기에는 너무나도 추하 더라. 나의 입은 나의 귀와 이야기하지 않아도 될 성싶다. (1978. 7.)

지금 읽어보면 내 안에 은폐된 것을 외부로부터 봉쇄하려
는 지독한 방어기제가 느껴집니다. 이런 은폐의 성향은
아버지의 영향일지도 모릅니다. 아버지는 북으로 간 세
형들 때문에 연좌제의 희생자가 되어 평생을 숨죽이며 살아
야 했지요. 아버지는 제복을 입은 공무원을 기피하는 성향이
있었고 급기야 주민등록등본을 뗄 일이 있을 때조차 아버지
대신 어머니가 동사무소에 가셨지요. 옛 앨범들을 마주한
순간, 아버지의 운명이 얼마만큼 내게 유전되었다는 것을
나는 눈치채게 되었지요. 아버지의 형제들은 앨범 속에서
웃음을 짓고 있었고 할머니는 북으로 간 아들들의 생환을
기다리며 아침저녁으로 정화수를 떠 놓고 치성을 드렸으니
내 성장기엔 언제나 할머니의 그림자가 드리워져 있었지요.

내부

빛이 직진하려거든 내부에로 들어오지 않는 편이 좋으니
내부는 낮에도 컴컴하지만 조용해서 좋다.
　외부에서의 권위는 이곳에서 재편성된다.
　길은 없으나 다리는 있으니 길을 내든지 다리를 자르든지
해야 싸우지 않을 모양으로 있다
　내부의 날씨는 예기치 않는 편이 현명하다. (1978. 9.)

내성적 성격, 혹은 상처적 체질이라는 말이 있지만 내 경우엔 내성內省에 대한 내성耐性까지 생기게 되었으니 그건 일종의 은폐 증상이었다고 말할 수 있을 겁니다. 당신에게 편지를 쓴다는 핑계로 자가 진단을 해본 셈인데 이런 자의식이 드러나는 메모도 습작 노트에 남아 있지요.

　　나의 병은 피도 내지 않는다. 또한 열도 내지 않는다. 이런 병이 전염병이 아닌 게 참 다행이다. 그리고 내가 이런 병에 걸린 것도 참 다행이다. 나의 기분은 나를 진찰하고 내심 놀라는 표정이다. 하여 완전히 죽는 사람과 완전히 사는 사람으로부터 나를 격리 수용한다. 그들을 나로부터 멀리 추방하는 것이다. 적어도 나의 세계에선 나의 방이 중심이다. 모든 것의 중심이며 표준이다. 그 방에 병자가 사니 병실임에 틀림없다. 난 아직도 밤을 기다리는 습관이 있으니 나의 병은 그리 심하지 않은 듯하다. (1978. 10.)

　　나는 내가 있는 방이 주소가 없는 채면 좋겠다. 그 주소는 나를 가두어 두는 무덤이고 그런 무덤 속엔 내가 버려야 할 이름들이 가득하다. 나는 그 이름들 틈에 낀 내 이름 석 자를 발견치 못하는 멋쩍은 일을 성공리에 끝마치지 못할까 두렵다. 나는 내 체온 위에 나에게 온 편지를 올려놓고

잉크를 말릴 참이다. 내가 살아 있다는 것을 아는 편지가
미워서다. 하나 마침 그 편지의 사연은 나의 사망을 통고하고
있었다. 편지의 날짜는 확실히 오늘이 아니다. 죽은 내가
벌써 화석이 됐을 성싶은 태고의 날짜다. 그러고 보니 나는
나를 배반한 위험한 인물이구나. 그렇다면 나는 조금 후에
출생할 나를 보러 가자. 나는 내 사망과 출생을 이미 보았다.
따라서 나는 나에 대한 흥미를 잃고. 아시아我視我한 큰 죄다.
그 편지는 내가 띄웠을지도 모를 일이다. (1978. 10.)

　'내가 나를 본다'라는 의미의 '아시아我視我'는 내가 만든
조어造語이지요. 주격의 아我와 목적격의 아我의 형태가 같을
리 없겠으나 문법 따위는 아랑곳하지 않고 무턱대고 만들어
본 것이죠. 이런 엉터리 한자 조합으로 '내가 나를 본다'라는
조어를 만들었으니 그 시절의 뒤틀릴 대로 뒤틀린 '나'를
증명하는 게 이 지경이 아니고 무엇이겠습니까. 게다가
나는 어지간히 현학적이었던 모양입니다.

　 * 피가 흐르지 않는 혈관에서 나는 산다. 그러나 나는
피를 먹고 산다. 그런 나의 인생은 너무 늦었다.

　 * 나의 역사는 아마 남을 모방하는 장난질에 너무 몰두한
나머지 아무 기록을 갖지 못하고 닭과 개와 그리고 사람을

무서워하는 기막힌 사연이 있을 법하다.

　* 소자笑者는 읍자泣者와 같으니 나는 손수건을 많이 준비하
는 편이 낫고 그렇지 않다면 나는 벌거벗어라. 또한 내가
보기 싫다면 또 하나의 목을 준비하여도 마찬가지다.

　시간이 갈수록 메모는 더욱 난해해졌지요, 나는 양파껍질
처럼 나의 비밀을 남에게 들킬까 봐 방어막을 겹겹이 둘러쳤
던 것이죠. 당신의 단편 「실화」는 "사람이 비밀이 없다는
것은 재산 없는 것처럼 가난하고 허전한 일이다."로 시작됩
니다. 내 경우에도 비밀은 재산이 됩니다. 비밀을 지키기
위해 난해로 점철된 문장을 뽑아내고 있었던 것이죠.

　무제無題

　이미 무미無味로 판명된 천지天地에 속한 나는 아무 낙樂을
탐貪하지 못할진대 내 회복되는 생채기를 파양把攘하여 보자.
　고금古今을 펼쳐서 식견 짧은 눈으로 보기란 나에게는 무릇
안타까운 일이니 천하하물天下何物을 다 본다 해도 끽喫할
수 있으랴. 나의 무게도 감당치 못하는 죄罪를 응시한 만족도
로서 나를 용서하자.
　생각해야 할 현대現代는 언제나 하나의 반역反逆이었다. 다

만 그런 반역反逆은 자아에 대한 단절을 위한 것도 아닌데 내 신경은 온통 긴장된 채이니, 확산만이 가능한 내 기법이 내재되어 있다는 의미를 인식함으로써 나를 상실喪失하자.

이제 지구는 demain에 대해 현재의 의미로는 타인과 교차交叉 없이 노정시킬 정도의 무반사를 인술하려는 끝 번지番地인 셈이다.

우주 만유의 실체는 근본적으로 Mono-

그렇다면 조상 없이 춥고 배고픈 나를 잡아 식물의 피라도 마셔야 내 사思생활마저 간섭할 정도로 타락할 수 있겠느냐

아! Human의 본질을 예견치 못한 엄청난 한恨을 짐 지려 하도다. (1978. 9.)

파양爬痒은 '손톱으로 긁다'라는 뜻인데 일부러 옥편에서 한자를 찾아 단어를 조합했지요. 복잡한 내면의 난해를 드러내는 방식으로서의 한글, 한자, 영어를 혼합한 텍스트의 추출이 그것이지요. 내가 「무제」를 끼적였던 것은 흡연 사건으로 허벅지에 파란 멍을 남긴 국어 선생에게 내심 보여주고 싶었기 때문입니다. 나는 「무제」의 필사본을 만들어 국어 시간에 교탁 위에 놓아두었지요. 하지만 국어 선생에게는 전달되지 않았지요. 교탁 앞에 앉은 친구가 그걸 치워버렸던 것입니다. 그나마 습작 노트에 「무제」가 남아 있는 게 나로서는 다행이지요. 습작 노트는 내가 당신에게 어지간

히 중독되었음을 여실히 보여줍니다. 나는 난해라는 당신의
바이러스를 앓고 있었지요.

5

당신과 나 사이엔 이렇듯 불편한 진실이 오르골의 부품처
럼 존재하지요. 금지된 꿈으로서의 불편한 진실 말이죠.
진실은 불편합니다. 당신의 생부가 잃어버린 세 손가락은
당신에게 있어 불편한 진실이지요. 내 경우에 있어 북으로
간 아버지의 세 형제들은 당신의 상처가 된 아버지의 세
손가락에 해당합니다. 상실은 늘 상처를 동반합니다. 당신이
아버지의 잘려져 나간 손가락에서 들려오는 발신음에 귀를
내줄 수밖에 없었듯 나 역시 북으로 간 아버지의 형제들이
내는 발신음에서 자유로운 적이 없었지요.

잘려져 나간 것은 생부의 손가락이 아니라 당신 자신이
아니었을까요. 생부와 생모가 살고 있는 본가에서 떨어져
나와 백부댁에 이식된 곁가지로서의 당신. 당신의 화려한
문학적 화술과 착란은 여기에서 기인한 건 아닐까요. 인간의
일상은 불편의 연속입니다. 그게 인간의 숙명이겠지요. 근대
와 전근대 사이에 끼어 성장한 당신이 일제 강점기의 불편한
진실을 돌파하기 위해 도쿄로 갔듯 나 역시 불편한 진실을

찾기 위해 아버지 형제들의 흔적이 남아 있는 모스크바로 유학을 갔던 것이죠. 그러나 흔적은 흔적에 불과할 뿐, 텅 빈 놋주발의 우울을 몇 점 꺼내 보았을 뿐입니다. 이런 성립 문자 위에서 우리는 서로 닮지 않았을까요. 대답할 필요는 없습니다. 어차피 대답을 구하는 질문이 아니니까요. 나는 당신의 고독과 내 고독을 바꾸어보고, 그 안으로 들어가 숨어 있거나 내가 당신인 것처럼 위장을 했지요.

내 습작은 당신을 오독하는 습작이었지요. 습작은 자기만의 언어적 주름이 없는 문청 시절에 타인의 언어적 주름을 모방해 세상과의 불화를 드러내기에 해당합니다. 그렇게 보면 습작기의 내가 영향을 받은 것은 당신의 상실이었고 나는 당신의 상실에 나의 상실을 덧씌워 무의식적으로 반응했던 것이죠. 어쩌면 내 문학적 잠재성은 이때부터 완전히 빗나간 것인지도 모르겠군요. 천재도 없이 열정만으로 천재가 되고자 한 살리에르의 고통스러운 외침처럼 시에 대한 열망과 좌절로 가득 찼던 내 젊은 옆구리에도 이제 아득한 전설처럼 찬바람이 들락거립니다.

이제 와 고백건대 당신은 나에게 또 다른 상실에 다름 아니었습니다. 하지만 당신에게 중독된 내 문청 시절은 아름답고 유쾌했습니다. 이럴 때 상실까지도 유쾌했습니다. 그럼 이만 총총!

가만히 깨어나 혼자

초판 1쇄 발행 2021년 08월 30일

지은이 정철훈
펴낸이 조기조
펴낸곳 도서출판 b

등 록 2003년 2월 24일 (제2006-000054호)
주 소 08772 서울시 관악구 난곡로 288 남진빌딩 302호
전 화 02-6293-7070(대) 팩시밀리 02-6293-8080
누리집 b-book.co.kr 전자우편 bbooks@naver.com

ISBN 979-11-89898-58-8   03810
값_10,000원